LES ÉCHOS

DE LA

GAITÉ FRANÇAISE

RECUEIL DE

CHANSONS

CHANSONNETTES, ROMANCES

ANCIENNES ET NOUVELLES

PARIS

BERNARDIN BÉCHET, LIBRAIRE-ÉDITEUR

31, QUAI DES AUGUSTINS

1858

LES ÉCHOS

DE LA GAITÉ FRANÇAISE.

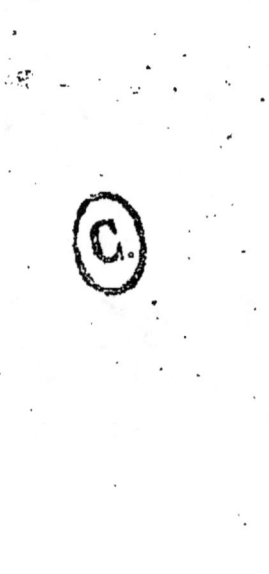

LES ÉCHOS

DE LA

GAITÉ FRANÇAISE

RECUEIL

de Chansons, Chansonnettes, Romances
anciennes et modernes.

PARIS

BERNARDIN-BÉCHET, LIBRAIRE,
31, QUAI DES AUGUSTINS,

1858

LES ÉCHOS

DE LA GAITÉ FRANÇAISE.

LE BON VIN, LA FRANCHE GAITE.

Air *connu*.

Le bon vin, la franche gaîté
    Sont à table,
   Une devise aimable,
Fêtons donc en pleine liberté
    La gaîté, le bon vin,
    Le bon vin, la gaîté.

Accourez, enfants de la France,
Oubliez vingt ans de souffrance;
Il faut du chant national
Que Momus donne le signal.
Chansonniers toujours en goguette,
Laissez l'ennuyeuse étiquette,
Rangez-vous sous nos étendards.
   Entonnons en ces lieux
   Quelques refrains joyeux.

Le bon vin, etc.

Quoi, déjà chacun me regarde
Et me dit : Voisin, prenez garde!
Ce que vous venez de chanter,
Plus tard il faudrait le fêter.
Pour moi l'avis est salutaire,
Et pour cela faut-il me taire?
Non, vraiment, tout comme Panard,
   Je veux à vos leçons
    Répéter en chansons :

Le bon vin, etc.

Le chagrin qui parfois me mine
Me faisait faire triste mine ;
Accablé par cent maux divers,
J'avais fait mes adieux aux vers,
Quand soudain vibre à mon oreille
Le doux glou glou d'une bouteille.
Allons dis-je en prenant ma part:
   Adieu tout chagrin,
   Je préfère un refrain!

Le bon vin, etc.

Lors de la risible campagne
Qui nous fit aller en Espagne,
Et vexer plus d'un citoyen;
Qu'allait-on faire? On n'en sait rien.
Allez, dis-je à ces gens sévères,
Pour moi tous les hommes sont frères;
C'en est fait! quelques mois plus tard,
   Ennemi tout joyeux,
   J'allais rire avec eux.

Le bon vin, etc.

Amis, tel est mon caractère,
Plus heureux qu'un roi sur la terre,
J'égayais mon joyeux printemps
Et charmais d'aimables instants ;
Mais je veux près d'une maîtresse,
Prouver, quoique vieux, ma tendresse,
Et du sort bravant le hasard,
   Consacrer chaque jour
   A Bacchus, à l'Amour.

Le bon vin, etc.   LAURENT.

L'ÉVANGILE DE L'ATELIER.

AIR : *Il ne faut pas jouer avec le feu.*

Mes bons amis, c'est chose très-commune,
De répéter mille refrains divers ;
Cela serait une bonne fortune
Si les auteurs savaient choisir leurs vers.
Arrière donc, de la place publique,
Les mots grivois, le couplet sans pudeur,
Si d'un Caton l'on peut faire un cynique } bis.
Au faible il faut donner un protecteur.

Oh ! dites-moi que deviendrait le lierre,
Si, quelque jour, il perdait son appui ;
Pauvre arbrisseau, tombé dans la poussière,
Son existence en une heure aurait fui !
Ses longs rameaux dépouillés de feuillage,

Qu'écraserait le pied du laboureur,
Diraient aux yeux en sensible langage :
Au faible, etc.

Cet arbrisseau, le lierre est notre image ;
Nous ne pouvons exister sans soutien,
Et cet appui, contre plus d'un orage,
Il est trouvé, qu'on le retienne bien.
Le destin peut nous devenir contraire,
Soyons humains, cela porte bonheur.
A qui fit bien, plus tard on sait le faire,
Au faible, etc.

Ouvrons nos bras à la vierge ingénue
Qui sût garder l'honneur sous ses haillons,
Fleur qui de nous ne peut être inconnue,
Etiolée en d'arides sillons ;
C'est notre sœur, honte à qui se hasarde
De la ternir d'un souffle corrupteur.
L'on ne vend plus l'enfant de la mansarde :
Au faible etc.

Au repentir, ah ! que chacun pardonne,
Un jour aussi, Dieu nous pardonnera,
Un mot d'oubli, les conseils que l'on donne,
Font tant de bien au cœur qui s'égara.
Tendons la main, une main bienveillante,
Au malheureux, victime d'une erreur ;
Le sort fait l'âme ou vierge, ou pénitente.
Au faible etc.

Auprès du vice, il est juste qu'on pose,
Quelque signal montrant le bon sentier.

Prenons amis, prenons pour cette cause,
Ce doux refrain, des fils de l'atelier :
« Issus d'Adam, tous les hommes sont nos frères,
» Et la vertu seule ennoblit leur cœur.
» Pour apaiser nos communes misères,

» Au faible..., etc.

ARTHUR HALBERT.

JOUISSONS DU TEMPS PRÉSENT.

Air connu.

REFRAIN.

Nous n'avons qu'un temps à vivre,
Amis, passons-le gaîment :
De tout ce qui peut s'en suivre,
N'ayons jamais aucun tourment !

A quoi sert d'apprendre l'histoire ?
N'est-ce pas la même partout ?
Apprenons seulement à boire ;
Et nous serons à bout de tout.
Nous n'avons..., etc.

Qu'un tel soit général d'armée,
Que l'Anglais succombe sous lui ;
Moi, qui suis sans renommée,
Je ne veux vaincre que l'ennui.
Nous n'avons..., etc.

A courir sur terre et sous l'onde,
On perd trop de temps en chemin ;
Faisons plutôt tourner le monde,
Par l'effet de ce jus divin.
Nous n'avons..., etc.

Qu'un savant à chercher les planètes
Occupe son plus beau loisir ;
Je n'ai pas besoin de lunettes
Pour apercevoir ce plaisir.
Nous n'avons..., etc.

Qu'un avide chimiste exhale
Sa fortune en cherchant de l'or ;
J'ai ma pierre philosophale
Dans un cœur qui fait mon trésor.
Nous n'avons..., etc.

Au grec, à l'hébreu, je renonce ;
Ma maîtresse entend le français :
Sitôt qu'à-boire je prononce,
Elle me verse du vin frais.
Nous n'avons..., etc.

LA JEUNE MOURANTE.

ROMANCE.

Air : *Adieu, Louise, au revoir.*

Ainsi que l'eau qui s'épanche par gouttes,
La vie de l'homme échappe chaque jour ;

Faible mortel, en l'arène ou tu joutes,
Combien, hélas! ont devancés leur tour.
Un pauvre enfant, aux portes de la tombe,
Disait hier, en faisant ses adieux :
Puisque sitôt il faut que je succombe,
Adieu, ma mère, au revoir dans les cieux, *(bis.)*

Regarde, ainsi que cette rose blanche,
Ma joue est pâle et mon regard languit,
Comme elle aussi, mon jeune front se penche,
Fuyant le jour et recherchant la nuit,
Car je le sens, une souffrance amère
Voile mon cœur, malade, soucieux :
Comme en exil j'étouffe sur la terre,
Adieu, ma mère, au revoir dans les cieux. *(bis.)*

Ces nœuds si frais, cette riche parure
Dont j'étais fière, et le monde et le bal,
Où l'on vantait ma grâce et ma tournure,
Tout me déplaît, sourire me fait mal :
Je porte envie à la feuille qui tombe,
Au lac qui dort pur et silencieux,
Je porte envie au vol de la colombe.
Adieu, ma mère, au revoir dans les cieux. *(bis.)*

Pour m'éloigner du but de mon voyage,
Sans chanceler en ce large torrent,
Je manque trop de force et de courage,
Pour affronter les vagues du courant.
Mes nuits, mes jours, sont des heures de doute,
Jeune, je dois rejoindre mes aïeux,
Et je faillis où commençait ma route ;
Adieu, ma mère, au revoir dans les cieux. *(bis.)*

Vois-tu là-bas la fosse qu'on défriche,
Et qui demain sera mon lit de mort,
Car de chacun, grand, petit, pauvre ou riche,
Tel est le prix de tout pénible effort;
L'ombre vacille ou marche l'existence!
Ah! sur ton sein laisse fermer mes yeux,
Je sens déjà que mon heure s'avance,
Adieu, ma mère, au revoir dans les cieux. (bis.)

Comme une fleur s'est éteinte sa vie,
Bientôt l'oubli fermera son tombeau :
Que sert alors d'être jeune et jolie,
A la lueur d'un funèbre flambeau.
Lorque la mort te lègue au cimetière,
Fille, jadis aux regards radieux,
Le vrai bonheur se consigne en ta bière, (bis.)
Repose en paix, au revoir dans les cieux. (bis.)

HALBERT (d'Angers).

~~~~~~

AME ET FLEUR.

ROMANCE.

Musique de A. MARQUERIE, ou air : *Petits oiseaux
taisez-vous.*

Fleur naguère parfumée,
Pâle rayon de bonheur,
Présent d'une femme aimée,
Triste et doux échos du cœur,

Oublions les rêveries
Qui nous bercent à vingt ans!
Âme et fleurs tombent flétries
Sous le souffle des autans.

Brûlant d'une sainte flamme,
Près d'elle rêvant du ciel,
Je m'enivrai de son âme,
Coupe d'amour et de miel;
Et de ses lèvres chéries,
Je n'eus que de faux serments.

Âme..., etc.

J'ai lu la première page
Du livre mystérieux
Que l'on dévore au jeune âge
Avec l'âme dans les yeux.
Et déjà nos mains meurtries
Ne tournent que feuillets blancs.

Âme..., etc.

Toi, que sa main m'a donnée,
Souvenir de mes beaux jours,
Reste avec moi fleur fanée,
L'image de mes amours !
Mes peines par toi mûries,
Ont du charme à tous instants.

Âme..., etc.

ÉVARISTE FAVREAU.

LES AMIS D'AUJOURD'HUI.

Air du *Retour des Chansons.*

Vous me fuyez, vous m'accablez d'injures,
Votre dédain montre un sourire moqueur,
Votre âme hélas! a des instincts parjures,
Et mon amour rencontre un mauvais cœur.
Mais que me fait que vos jours soit prospères
Et que les miens se trouvent sans appui,
Je n'ai plus rien, vous fuyez ma misère, (*bis.*)
Voilà, voilà les amis d'aujourd'hui.

Vous me fêtiez lorsqu'ayant la fortune,
Vous encensiez mes talents, mes vertus.
Pour vous, Messieurs, ma bourse était commune
Et maintenant, comme un pauvre fétus,
Vous m'écrasez sans honte et sans courage,
Moi, qui jadis, venais à votre appui,
J'ai partagé le gain de mon ouvrage,
Voilà..., etc.

Vous vous croyez plus que moi sur la terre,
Détrompez-vous, nous sommes tous mortels,
L'homme opulent, comme le prolétaire,
Ne doit ses jours qu'à Dieu, l'Etre éternel;
Le pauvre honteux n'a souvent que le seigle;
Pour exister méprisant l'usufruit,
Le roitelet meurt à côté de l'aigle.
Voilà..., etc.

Mais le malheur nous poursuit à la ronde,
Et je revois maintenant les flatteurs,
Ils ont quitté le luxe et le grand monde,
Et vont errants chercher des protecteurs,
Mais je leur dis j'ai goûté la souffrance,
Chacun son tour, j'en ai bravé l'ennui,
Jadis vos cœurs m'ont dit bonne espérance, *(bis.)*
Je suis le cours des amis d'aujourd'hui.

J.-A. SÉNÉCHAL.

LES DEUX FRÈRES SAVOYARDS.

Air de *la Sonnette du Diable.*

Au sol de notre enfance,
Nous voici de retour,
Après dix ans d'absence,
Salut à ce beau jour !
Mais quel trouble secret t'agite,
Mon bon Pierre, ah! dis-moi;
Bien que ton cœur palpite,
Tu n'es pas joyeux, toi ? la, la, la,
Marchons, marchons,
Frère, pressons le pas;
Marchons !
La montagne est là-bas! la, la, la, la, la *(bis.)*

N'as-tu pas souvenance
Des plaisirs du hameau ?
Des refrains, de la danse
Au son du chalumeau ?
Mais ton regard cherche autre chose
En revoyant notre pays,
J'en devine la cause.
Tu regrettes Paris ! la, la, la,
  Marchons..., etc.

Ah ! quelle différence
Entre nous aujourd'hui !
Tu souffres en silence
Quand je nargue l'ennui,
Lorsqu'ici Dieu nous ramène
Le chagrin, trouble tes sens,
Au loin bannis la peine.
L'on vit heureux aux champs, la, la, la.
  Marchons..., etc.

     A. HALBERT.

QUATORZE ANS.

ROMANCE.

Air des *Champs* (de *Béranger*.)

Pourquoi suis-je si jeune encore ?
Que n'ai-je de plus deux printemps !

Ainsi qu'Angèle, Lise et Flore,
J'aurais sans doute des amants :
Auprès d'elles chacun s'emprese ;
On me néglige, on me délaisse,
Mais aussi, patience, un jour
Sans doute viendra mon tour.

Quand le seigneur de ce village
Vient visiter notre canton,
De mes sœurs agréant l'hommage,
Il leur donne un baiser, dit-on :
J'accourais, pleine d'espérance,
Je n'eus que son indifférence.....
Mais aussi, patience, un jour
Sans doute viendra mon tour.

Tous nos bergers les trouvent belles,
Et partout ils suivent leurs pas ;
Je suis aussi gentille qu'elles,
Et l'on ne me regarde pas.
Ah ! j'en devine bien la cause ;
Mais chaque bouton devient rose.
J'espère, patience, un jour
Sans doute viendra mon tour.

A. BALLART.

LE MENDIANT.

Air du *Forçat libéré* (Gabriel Lhery.)

En rougissant je demande ma vie,
Aucun passant ne daigne m'écouter;
De vivre ainsi non je n'ai plus envie
A mon malheur je ne puis résister.
Dans l'avenir je ne vois que l'hospice,
Dans le passé je ne lis que douleur.
Un seul bienfait peut me sauver l'honneur
Et m'arrêter au bord du précipice.
Fais, Dieu puissant, que l'homme généreux
Tende la main à l'homme malheureux.

Quand mollement vous couchez sur la plume,
Moi, je n'ai rien pour reposer mon corps;
Pieds nus, sans pain, sans logis, sans costume,
Un tel vivant serait mieux chez les morts.
Dans vos palais le luxe vous enivre,
Vous ignorez nos maux et nos tourments.
Un peu de pain pour nourrir mes enfants,
Car sans travail l'ouvrier ne peut vivre.
Fais Dieu..., etc.

O toi Crésus, que ma plainte importune,
Me menaçant des rigueurs de la loi,
Il se pourrait que perdant la fortune,
Tu vinsses un jour mendier comme moi.

Ah! si le sort aujourd'hui t'est propice,
Si ton esprit se confond dans ton or,
Pour disperser ton ignoble trésor,
De la fortune il ne faut qu'un caprice.
Fais Dieu..., etc.

Que de tombeaux dans cette vaste plaine!
D'un peuple entier, voilà tous les débris.
Le grand seigneur, que couvre un beau domaine
Mêle sa cendre à celle des petits :
Mendiants, rois, quand ils sont dans la terre,
La mort ne fait point de distinction,
La fourmi meurt à côté du lion,
Ils sont égaux lorsqu'ils sont en poussière.
Fait Dieu..., etc.

JULES HUMBERT.
Chanteur de Paris invalide.

Il composa cette chanson pour implorer la charité publique, elle fut aussitôt apprise par tous les pauvres d'alors qui s'en servaient de réclame.

JADIS ET AUJOURD'HUI.

Air : *Buvons à tirelarigo.*

Aimable gaîté du vieux temps,
  Toi, qu'on ne voit plus guères,
Viens-nous rendre ces doux instants,
  Où tu charmais nos pères;

C'est au cabaret
Qu'était le secret
De leurs joyeux systèmes :
  Ah! pour être heureux,
  Comme nos aïeux,
Amis, buvons de même.

Que vois-je en vos cafés brillants?
  Une triste cohue
Qui raisonne, à perte de temps,
  Comme à perte de vue.
    Point de jolis vins,
    Point de ces refrains
  Dont le sel nous réveille;
    Le Dieu des bons mots,
    Né parmi les pots,
  Tient sa cour sous la treille.

Nos pères, comme nous, avaient
Du bruit dans leurs ménages,
Nos pères, comme nous, trouvaient
Des maîtresses volages.
    Dans un cœur jaloux,
    Le café chez nous,
  Du noir double la dose;
    Chez eux on voyait,
    Grâce au vin clairet,
  Tout en couleur de rose.

D'où vient que l'Anglais est chez soi,
  Si rêveur et si sombre?
Avec la Tamise, pourquoi
  Ses rendez-vous sans nombre,

Il est échauffé
De thé, de café,
De rhum, de rack, de bierre;
Mais toujours les jeux,
Pris d'un vin mousseux,
Font flotter leur bannière.

A. H.

N'INSULTEZ PAS CE QUI N'EST PLUS

Air : *Ah! que ne puis-je échanger ma puissance.*

Vous qui volez du Parnasse à Cythère,
Vous qui savez captiver les neuf sœurs,
Vous dont la lyre agréable et légère
D'un jour heureux prolonge les douceurs,
Pour éviter une plainte secrète,
Pour éloigner des regrets superflus,
Qu'à mes accents votre muse répète :
N'insultez pas ce qui n'est plus.   (bis).

Nobles soutiens de la philosophie,
Vous qui marchez vers la postérité,
Vous qui vengez l'innocence trahie
En publiant l'auguste vérité,
Du conquérant dévoré par l'envie,
Phébus vous voit signaler les abus.
Est-il tombé, chacun de vous nous crie:
N'insultez pas, etc,

L'homme de bien pourrait-il entreprendre
D'injurier celui qui ferme l'œil ?
L'être qui fut ne saurait se défendre;
Avec respect contemplez son cercueil.
Des envieux la foule mensongère
Par son trépas voit ses projets déçus.
Près du tombeau la haine doit se taire;
N'insultez pas, etc.

Vous dont le front est ceint du diadème,
Vous qui briguez le céleste burin,
Rappelez-vous qu'une puissance extrême
N'exempte pas des arrêts du destin !
Souvenez-vous que la grandeur suprême
Est d'honorer la cendre des vaincus;
Demain le sort peut vous frapper de même,
N'insultez pas, etc.

Guerriers fameux de Sparte, de Carthage,
La Parque en vain vous frappa de ses coups;
Vers vos hauts faits quand mon esprit s'engage,
Je vois le temps échouer près de vous.
Mais si l'erreur, attaquant votre gloire,
Vous accablait de reproches confus,
Clio dirait, en entr'ouvant l'histoire :
N'insultez pas, etc.

Belle d'espoir et de grâce brillante,
Jeune beauté que pare la pudeur
Offre à mes yeux une rose naissante
Dont chacun veut respirer la faveur;
Mais quand le temps, trompant notre délire,
Vient lui ravir ses plus doux attributs,
Le souvenir à nos cœurs fait redire :
N'insultez pas, etc.

Triste jouet des régions lointaines,
O ma patrie, après tant de splendeur,
Peut-être un jour, à l'exemple d'Athènes,
Verra finir son éclat, sa grandeur !
Les dieux, montrant cette plage immortelle,
Diront ces mots, en citant tes vertus :
Peuples du Nord vous finirez comme elle.

N'insultez pas, etc.

L. VOITELAIN.

CHANSON DE TABLE.

Air : *Eh ! gai, gai, gai, mon officier !*

REFRAIN.

Chantons, buvons, ce n'est qu'ici
　　Que la vie
　　Est folie.
Chantons, buvons, ce n'est qu'ici
　Qu'on nargue le souci.

　Une onde fugitive,
　Voilà notre destin ;
　Mais le ciel sur la rive
　Fait croître le raisin,

Chantons..., etc,

Peine, ennui, jalousie,
Assiégent nos foyers;
Mais ici l'on oublie
Jusqu'à ses créanciers.

Chantons..., etc.

Laissons un dieu volage
Amuser des enfants!
On n'aime qu'au jeune âge;
On boit dans tous les temps,

Chantons..., etc.

Combien d'heures chagrines
Suivent les doux ébats!
La rose a des épines,
Le pampre n'en a pas.

Chantons..., etc.

Belles qu'amour condamne
A de tendres langueurs,
Imitez Ariane!
Bacchus sécha ses pleurs.

Chantons..., etc.

Garde, fils de Latone,
Tes neufs sœurs, ton ruisseau
J'ai pour muse Erigone,
Pour Parnasse, un caveau.

Chantons..., etc.

UN DERNIER SOUPER DE GARÇON.

Paroles de Numa Mercier. — Musique de F. Sauu.

Allons, vite en train,
Car dès demain,
J'entre en ménage ;
Soupons sans façon,
Ce soir encor je suis garçon.
Oui, jusqu'à demain,
Le verre en main
Faisons tapage ;
De vin et d'amour
Enivrons-nous tous jusqu'au jour.

Toi, Ferdinand,
En Talleyrand
Dresse la carte,
Nous comptons sur toi
Pour faire un vrai souper de roi.
Du choix des mets
De nos gourmets
Point ne t'écarte ;
Fais au sombre lieu
Pâlir Lauzun et Richelieu.

Allons, etc.

Mais l'huître est là,
Arrosons-la

De blanc Sauterne;
Ce divin nectar
De Bacchus nous attelle au char.
Qu'ici faquins,
Les meilleurs vins
De la taverne
Coulent à pleins bords,
La nappe couvrira les morts.
Allons, etc.

On peut conter,
On peut chanter
La bouche pleine;
Chassons loin d'ici
Et l'étiquette et le souci!
Buvons beaucoup,
Tâchons surtout
Sans perdre haleine,
Qu'au dessert, amis,
Chacun ne soit qu'à moitié gris!
Allons, etc.

Les gais propos
Et les bons mots
Viennent en foule;
Puis pour le bouquet,
Des femmes voici le caquet!
Jamais assez!
Femmes, versez
L'Aï qui mousse;
Il faut de l'ardeur
Pour vous qui craignez la chaleur.
Allons, etc.

L'aurore vient,
Le punch nous tient
Lieu de bougie;
Nous avons bien l'air
De diables sortis de l'enfer.
Le jour renaît,
Tout disparaît,
Adieu l'orgie!
Vite un dernier bol,
Puis, pour l'hymen, je prends mon vol.
Allons, etc.

NUMA MERCIER.

L'ORPHELIN.

Air : *N'effeuillez pas les marguerites.*

REFRAIN.

Je suis sans appui sur la terre,
Ah! ne repoussez pas ma main ;
Jeune, si j'ai perdu ma mère,
Prenez pitié de l'orphelin.

A peine au banquet de la vie,
De place je voudrais changer.
Séché comme l'herbe flétrie
Sur la cabane du berger.
Lorsque d'ombrage et de verdure
Tout se couvre, tout refleurit,

Lorsque se pare la nature
A mon malheur nul ne sourit,
Je suis..., etc.

Pour moi tout a perdu ses charmes,
Rien ne saurait me consoler,
Et j'en veux jusques à mes larmes,
Souvent de ne pouvoir couler!
En pleurant, aux maux le ciel donne
Toujours une horrible douceur;
Mais de l'enfant qu'on abandonne,
La souffrance, hélas! est au cœur.
Je suis..., etc.

Qui mettra fin à ma souffrance?
Est-ce le monde, est-ce la mort?
Est-ce vous, Dieu de l'espérance,
Que l'impie a nommé le sort?
Triste jouet de son caprice,
Et dans l'avenir si j'ai fait foi,
Pour m'encourager dans la lice,
Donnez de la force à ma voix.
Je suis..., etc.

Elle vit son heure dernière,
Celle que je perdis trop tôt;
Elle dort sous une humble pierre,
Que l'herbe couvrira bientôt.
Le jeune arbuste sous l'orage,
Succombe, privé d'un tuteur;
Eh! pour achever mon voyage,
Où trouver un bras protecteur!
Je suis..., etc.

                              HALBERT (d'Angers).

LE PAIN DU BON DIEU.

Air : *de la Main de Dieu.*

Fleur de froment plus blanche
Que la fleur d'aubépin,
C'est le pain du dimanche,
Et tu jettes ce pain !
Sais-tu, petite fille,
Qu'il arrive malheur
A l'enfant qui gaspille
Les dons du Créateur.

Oh ! quand le pain t'abonde,
Ne t'en fais pas un jeu,
C'est le salut du monde,
C'est le pain du bon Dieu.

Sais-tu, jeune imprudente,
Qui ris de ma leçon,
Que, sous la voûte ardente,
Dès qu'on fait la moisson ;
Il n'est pas une graine
Des épis bienfaisants
Qui ne coûte une peine
Aux pauvres paysans ?

Oh ! quand le pain t'abonde, etc.

Quand ta tête songeuse
Aux voix du soir s'endort,

Une pâte neigeuse
Cuit dans sa couche d'or ;
Ce pain que ta main jette
Est prêt pour ton réveil,
Et celui qui l'apprête
Meurt de nuits sans sommeil !

Oh ! quand le pain t'abonde, etc.

L'oiseau pusillanime,
Trop précoce glaneur,
A prélevé sa dîme
Avant le moissonneur ;
Garde plutôt, chérie,
Tes morceaux superflus
Pour le vieillard qui prie
Et ne travaille plus.

Oh ! quand le pain t'abonde, etc.

V. RADINEAU.

~~~~~~~~~~~~~~~~~~~~~~~~~~~~~~~~~~

GISELLE OU LA ROSE BRETONNE.

Musique de Mademoiselle Loïsa Puget.

Ou air *du Berger Breton.*

Dans le pays breton,
Au sein d'une pauvre famille,
Giselle, jeune fille,
Était une rose, dit-on.

Le démon de l'envie,
Lui donnant fol espoir,
La pauvrette ravie,
Répétait chaque soir :

« L'ennui préside au village,
Le bonheur est à Paris ;
Ah ! pour qui fait ce voyage,
L'on dit que c'est un paradis ! »

En proie à son chagrin,
Simple comme on est au jeune âge,
Giselle du village
S'éloigna seule un beau matin.
De son cœur qui palpite
S'échappe un long soupir,
Car disait la petite,
Rêvant à l'avenir,

« L'ennui, etc.

Parfois en son chemin
Donnant une larme à sa mère,
Elle prie, elle espère
Que Dieu bénira son destin !
La joie en ses yeux brille
Et chasse son regret,
Lorsque la grande ville
Devant elle apparaît ;

« L'ennui, etc.

Pour les ris et les jeux
Paris est un lieu plein de charmes ;
Mais pour les blanches âmes,
Oui, c'est un séjour ténébreux.

La vertu sans défense
N'y peut rien refuser.
Les doux rêves d'enfance
Fuient sous un baiser.

Triste comme le feuillage
Que les autans ont flétri,
Giselle alors au village
Revint chercher le paradis !

H. HALBERT, d'Angers.

MA PHILOSOPHIE.

Air : *du Curé de Pomponne.* (Béranger.)

D'aucun pénible souvenir
  Le poids ne m'indispose,
A mes yeux le sombre avenir
  Devient couleur de rose ;
Pour le présent qui fuit déjà
  Au hasard je me fie :
  J'espère que voilà
    Lalira
  De la philosophie.

Par moi du joyeux troubadour
  La morale est suivie ;
Et chaque plaisir à son tour
  Vient égayer la vie ;

Je donne les nuits à l'amour,
   Les jours à la folie.

   J'espère, etc.

Quand à quelque joyeux festin
   L'amitié me convie,
Je mange jusqu'à ce qu'enfin
   Ma faim soit assouvie ;
M'offre-t-on un verre de vin,
   Je bois jusqu'à la lie.

   J'espère, etc.

Un savant par un art nouveau,
   Rend la mémoire bonne;
Pour moi, dans un dernier panneau,
   Il s'en faut que je donne :
Tous mes plaisirs sont présents là,
   Les maux je les oublie :

   J'espère, etc.

Je ne sais si je fus jamais
   Trompé par mon amie,
Mais si quelque jour j'augmentais
   La grande confrérie,
M'affliger de ce malheur là,
   Serait une folie.

   J'espère, etc.

Peut-on trouver ailleurs qu'ici
   Table aussi bien servie ?
Libres de soins et de souci,
   Passons-y notre vie :

Joyeux gourmands, bravons ainsi
La fortune ennemie ;
Et fronde qui voudra
Lalira,
Notre philosophie.

Quand le temps viendra m'inviter
A changer de demeure,
Je veux, à force de chanter,
Lui faire oublier l'heure
En voyant cette gaieté là !
Oui, voilà
De la philosophie.

A. H,

LE TAMBOUR DE CRIMÉE.

Air : *du Vigneron.*

Je suis Follichon, le tapin,
Qui sais conduire une colonne,
Surnommé le Réveil-Matin
Des enfants de Mars et Bellone ;
Lorsque je bats un rigodon,
J'électrise le bataillon.

Vivre pour l'honneur,
La gloire et valeur
Sont les trois mots que je conserve dans mon cœur,
Plan, ran, tan, plan,
Tambour battant,

À la tête du régiment,
  Je sais détailler crânement
La marche aussi le roulement,
  A la tête du régiment. (*bis.*)

Étant sur le sol africain,
Bien souvent mon coup de baguette
A fait fuir plus d'un Marocain
Qui venait rôder en vedette.
Au camp français de bon aloi,
Je sais observer cette loi,
      Vivre pour l'honneur, etc.

A l'Alma, comme à Malakoff,
Je battais joliment la charge,
Et des soldats de Gorschakoff
J'ai bravé plus d'une décharge,
Je fus respecté de leur feu,
Et je dis, remerciant Dieu,

      Vivre pour l'honneur, etc.

D'être tambour me plaît beaucoup,
Je veux vivre vieux militaire,
A moins que d'un fusil le coup
Vienne me mettre dans la terre,
Ou si j'attrape un bras de moins,
De l'Hôtel j'aurai tous les soins.
      Vivre pour l'honneur, etc.

                    ANTOINE REMY.

LE VRAI MOMUSIEN

Air *connu.*

Vrais momusiens, j'éparpille ma vie
Entre les arts, Bacchus et la gaîté ;
Lorsque chez moi jamais n'entra l'envie,
Dois-je songer à la célébrité ?
  Non, pour être heureux,
  Bornant mes vœux — A ma chaumière,
    Là, je vis content,
  Libre, joyeux, indépendant,
    S'il me faut ici
  Etre aussi — Couvert de poussière,
    Celle des vallons
  Vaut mieux que celle des salons.

Lorsque je dors à l'ombre d'une treille,
Sur moi Momus agite son grelot ;
Je vois le monde en forme de bouteille,
Et vainement j'en cherche le goulot.
    Mais à mon réveil,
  Un vin vermeil — Me désaltère.
    Dès que je le vois,
  Je ris, je bois tout à la fois ;
    Et pour m'animer,
  Pour m'enflammer, — Au lieu d'un verre
  Bacchus vient m'offrir
    La coupe qu'il tient du plaisir.

Souvent mon bras, du fouet de la satire,
Aime à frapper les sots, les courtisans ;
Mais plus souvent je ressaisis ma lyre
Pour célébrer les hommes bienfaisants.
　　Dès l'aube du jour
　Je chante l'amour — Et la gloire ;
　　L'oiseau du hameau
　Redit ce que redit l'écho ;
　　De nos vieux soldats
　Fiers aux combats — Je lis l'histoire,
　　Las ils ne sont plus...
Mais ils nous reste leur vertus.

Dans mon réduit je n'ai pour seule escorte
Que le mystère et ma belle et mon chien ;
Mais qu'un ami soudain frappe à ma porte,
J'ouvre et mon cœur vole au-devant du sien.
　　Il voit, satisfait,
　L'effet qu'il fait — Par sa présence ;
　　Bientôt un flon flon
　Accompagne un large flacon.
　　Le temps passe enfin ;
　Vient la fin — De ma jouissance,
　　Il part... et mes yeux
　Prolongent encor mes adieux.

Si, près de moi ma belle se repose,
Sous le taillis, ensemble nous chantons ;
A son corset si je place une rose,
Zéphyr malin m'en fait voir les boutons.
　　Souper sans apprêts
　Se prend au frais — Et sous l'ombrage ;
　　La nuit nous poursuit
　Le désir nous appelle au lit.

Par son chant — Touchant,
Le rossignol du voisinage
Nous dit qu'il fait jour,
L'amour nous le dit à son tour.
Vrais momusiens, etc.

DECOUR.

~~~~~~

AUX JEUNES FILLES.

Air de la Treille de sincérité.

Au pied d'un trône de fougère,
Chaque soir la vieille Marton,
A craindre l'enfant de Cythère,
Instruit les filles du canton :
Ah ! dit-elle, en voyant leurs charmes,
Ces regards, ces piquants appas,
Des soupirs, des regrets, des larmes
Un jour ne les sauveront pas.
      Fillettes
  Qui courez seulettes,
Fuyez le gazon et les fleurs
Vous les arroseriez de pleurs,
Fuyez le gazon et les fleurs.

Déjà d'amour votre œil pétille
D'espoir vos cœurs sont enivrés
Ah ! comme vous je fus gentille,
Ainsi que moi vous passerez ;

La rose en un jour brille et tombe,
Et quand le papillon léger
L'a conduite au bord de sa tombe
Il n'y vient jamais voltiger !

      Fillettes, etc.

Un plaisir pur et légitime
Vous égare au déclin du jour ;
Tremblez, pour frapper sa victime,
En tous lieux se cache l'amour.
Livrez combat à sa puissance
Et, si vous chancelez parfois,
Retenez le cri d'innocence
On ne le jette qu'une fois !

      Fillettes, etc.

Ces grands que la pompe environne,
Sur le char brillant de Plutus,
Viendront vous offrir leur couronne
En échange de vos vertus.
Esclave d'une arme candide,
Ils tomberont à vos genoux ;
Redoutez leur flamme perfide,
Les grands sont plus petits que nous !
      Fillettes,
        Qui courez seulettes,
Fuyez le gazon et les fleurs,
Vous les arroseriez de pleurs,
Fuyez le gazon et les fleurs.

                CHARLES LEPAGE,

LOIN DES YEUX. LOIN DU CŒUR.

ROMANCE.

Air : *Avant le départ.* (Aristide de Latour.)

Oui, sans détours,
Bonne Marie,
A toi mes amours,
Disais-tu toujours
Mais cette *foi*, tu l'as trahie,
Malheur
Loin des yeux, loin du cœur,

J'ai juré d'aimer
Sur le nom de ma mère
Qui peut me charmer
Loin de toi sur la terre :
Ah ! viens t'abriter
Au toit de la chaumière
Cesse de rejeter
L'encens de ma prière,

Oui, sans détours, etc.

Au sol étranger,
Garde la souvenance,
Triste passager,
De ton beau ciel de France!
Pour un cœur constant
Est-il une vacance?

À qui fut aimant :
Dieu, donne l'espérance.

    Oui, sans détours, etc.

Viens guider mes pas,
En cette route aride,
    La lutte ici-bas
Est vaine sans un guide :
Car, hélas ! à ton cœur
Si je ne suis plus chère,
En me nommant ta sœur,
Je bénirai mon frère.

    Oui, sans détours, etc.

        H. HALBERT d'Angers.

L'ÉPAULETTE D'OR.

Air : *Les lauviers sont en fleurs.*

Pourquoi ces soupirs, mon amie,
Pourquoi toutes les nuits pleurer,
Quand l'intérêt de la patrie
Comme moi devrait t'inspirer?
Allons, crois-moi, plus de faiblesse,
La gloire guide mon essor :
Cache-moi tes pleurs, ta tendresse,
Je veux gagner une épaulette d'or.

Je plains celui qui, dans la vie,
N'a jamais connu que l'amour :
Je plains celui que la folie
Vers elle entraîne chaque jour,
Si je l'aime, j'aime la gloire !
Oh! ne retiens pas mon transport,
J'aperçois de loin la victoire
Qui me présente une épaulette d'or.

Vois, je pars en habit de bure,
Je reviendrai brillant d'éclat ;
Tu souriras à ma parure,
Noble preuve du bon soldat,
Lorsqu'au retour tes mains tremblantes
Me presseront avec effort,
Tes lèvres, d'amour palpitantes,
Embrasseront mon épaulette d'or.

L'amant partit, la pauvre fille
Resta seule avec sa douleur
Pierre bondit, son œil pétille,
Il est bientôt au champ d'honneur :
Il obtient le prix du courage
Et rentrant tout joyeux au port,
Il vient consoler le veuvage
En lui montrant son épaulette d'or.

AD. PÉCATIER.

LA LICE [1] ET SA COMPAGNE

OU L'INGRATITUDE. (FABLE).

Air du *Tra, la la.*

La Lice à sa voisine
Fut emprunter jadis
Son lit et sa chaumine,
Pour faire ses petits.
Huit jours, dit la commère,
Quinze au plus, c'est assez :
Mais ce fut une affaire
Quand ils furent passés.

Sur l'air du tra la la la (*bis*),
Sur l'air du traderidera,
La la la.

Toujours excuse prête
Pour ne point démarrer :
Requête sur requête
Aux fins de différer.
Attendez, disait-elle,
Que mes faibles enfants,
Encore à la mamelle,
Soient devenus plus grands.

Sur l'air, etc.

[1] Grosse chienne.

Mais quand la troupe forte
Peut garder la maison,
On parle d'autre sorte
Sans rime ni raison.
Inutile semonce :
Mâtins restent dedans,
Et pour toute réponse
Montrent de bonnes dents.

Sur l'air, etc.

Ce qu'au méchant on prête,
Il sait le rendre sien ;
Honnête ou malhonnête,
N'importe quel moyen :.
D'abord il vous amuse,
Ensuite il faut plaider ;
Et la force ou la ruse
Vous fait enfin céder.

Sur l'air, etc.

LAMBERT.

LE BAL DES AUVERGNATS.

Air : *Bonjour, mon ami Vincent.*

A la barrièr' du Combat,
A l'encheigne d'la Musette,
Ch'est là qu'à chinq chous le plat
L'on s' fait une boch' complète :

Puis vient la danche du pays,
L'z Auvergnats sont si dégourdis ?
Ils font tant des pieds et du geste,
Que l'plancher, les bancs se brisent en éclats !
  Pour bien s'amusa
  Pour s'estrangouya,
Il faut visita l'bal des Auvergnats.

Ch'est que les plus beaux dancheurs
Sont d'l'Auvergne, ma patrie,
Ils enflamment tous les cœurs
Du sexe à mine jolie !
A table, au limon comme au bal,
L'Auvergnat fatigue un cheval,
Et pour plaire à sa bonne amie,
Il met son gilet et cha veste bas.
  Pour bien s'amusa, etc.

Il faut voir Jean Cachepot,
Son grand cousin Mâchavoine,
Et le petit Loustalot,
Le neveu du père Antoine ;
Si vous leur faites vis-à-vis,
Ils pourront, j' vous en avertis,
Et sans vous fair' la moindre exoine (1),
Vous écraser l'pied ou vous casser l'bras.
  Pour bien s'amusa, etc.

Et des femmes, ah ! que ch'est cha !
Quels beaux p'tits museaux, mordille ?
Ell's vous ont des p'tits yeux d' chat.
Qui brillent comme d's escarbilles.

(1) Excuse.

3.

Un' taill' fine à t'nir dans un chac,
Qui mont' juste au-d'ssous d' l'estomac,
Enfin tout's un air de famille,
Des pieds et des mains larges comm' des plats.

 Pour bien s'amusa, etc.

Ah ! Diou que le gros Thomas,
Danchant avec maître Pierre,
Vous tortillent chaque pas
D'une gentille manière !
Che chont de vrais petits amours
Sous leurs culottes de velours.
Aussi la beauté la plus fière,
N'saurait résister à leurs doux appas.

 Pour bien s'amusa, etc.

Maïs le plus beau ch'est la fin :
Les coups d' poings roulent ch'est l'usage
Chacun de se mettre en train,
L'on n'paye pas davantage.
Chacun sait, chechi n'est pas neuf,
Qu' l'Auvergnat est fort comme un bœuf :
Aussi ne compte-t-on jamais le dommage
Tant qu' les combattants ne se mangeut pas.

 Pour bien s'amusa, etc.

Maurcie PATEZ.

LA PAUVRE ODETTE.

ROMANCE.

Air : *Ah ! daignez m'épargner le reste.*

Tout cède en vain au dieu d'amour :
Jamais je ne portai ses chaînes ;
Fuyant ses jeux, loin de sa cour,
Je ne connus jamais ses peines.
De cette paix qu'il nous ravit
Puisque mon âme est satisfaite,
Victor a tort quand il me dit : *(bis)*
Que je te plains, ma pauvre Odette !

A ma toilette, le matin,
Si quelquefois je cherche à plaire ;
Si d'une fleur j'orne mon sein,
C'est que je vais revoir ma mère.
Près de celle qui me chérit,
Quand il n'est rien que je regrette,
Pourquoi donc que Victor me dit :
Que je, etc.

Quand vient la nuit, sans désirer,
Je sens se fermer ma paupière ;
Sans m'attendrir, sans soupirer,
Le jour, je revois la lumière.

Puisque ce destin me sourit,
Helas ! pourquoi suis-je inquiète,
Parfois, lorsque Victor me dit :
Que je, etc.

A ces accents mystérieux,
Quand Victor me les fait entendre,
Des pleurs parfois couvrent mes yeux ;
Quelquefois j'ai cru le comprendre ;
Souvent dans mon cœur interdit
S'élève une douleur secrète.
Il a raison quand il me dit :
Que je, etc.

MALANO DE CALCINA.

LE MOUVEMENT PERPÉTUEL.

Air connu.

REFRAIN.

Remplis ton verre vide,
Vide ton verre plein ;
Ne laisse jamais dans ta main
Ton verre ni plein ni vide ;
Ne laisse jamais dans ta main
Ton verre ni vide ni plein.

Loin d'ici, sœurs du Permesse,
Chétives buveuses d'eau ;

Cachez-vous avec prestesse
Dans votre fangeux ruisseau :
Bacchus m'anime et m'inspire,
Il échauffe tous mes sens ;
C'est lui qui monte ma lyre.
Ecoutez ses fiers accents :
  Remplis, etc.

Si le ciel, dans sa colère,
Te fit le funeste don
D'une femme atrabilaire
Troublant toute sa maison,
Laisse là cette mégère,
Ce lutin, ce vrai démon,
Et vite, d'un pas colère,
Vers le plus prochain bouchon
  Remplis, etc.

Nargue de la gent savante
Qui, du mouvement sans fin
Depuis mille ans se tourmente
Sans aucun succès certain.
Moi seul et pour moi-même,
Assis dans un cabaret,
J'ai trouvé ce grand problème ;
Voici quel est mon secret :
  Remplis, etc.

Si les voûtes azurées
S'écroulaient avec fracas,
Si leurs ruines embrasées
Vomissaient mille trépas,
La trogne toujours vermeille

Et le front toujours serein,
Tenant en main ma bouteille,
Je dirais à mon voisin :
  Remplis, etc.

L. DAUPHIN.

~~~~~~

LA NATURE ET L'AMOUR.

CHANTÉ DANS *la Queue de mouton*, FÉERIE DU
THÉATRE DE LA GAITÉ.

Air connu.

Guzman ne connaît pas d'obtacles,
C'est un Dieu qui guide ses pas ;
Tu dois t'attendre à des miracles;
Ah ! pour toi, qui n'en ferait pas !
Touché d'une flamme si pure,
Le ciel te protége en ce jour,
Et l'on commande à la nature
Quand on obéit à l'amour. *(bis.)*

Léonora, que de prestiges
Ne te causent point de frayeur,
Et regarde tous les prodiges
Comme des gages de bonheur.
De Guzman la voix te rassure,
Car tu pourras voir en ce jour
Changer les lois de la nature
Plutôt que celles de l'amour. *(bis.)*

Léonora, que ton courage
Surmonte la vaine terreur;
Imite-moi : brave l'orage;
Console ton sensible cœur :
Guzman ne sera point parjure;
Je fais le serment, dès ce jour,
D'unir aux lois de la nature
Les lois sacrées du dieu d'amour. (bis.)

Ah ! malgré ton argus sévère,
Reste fidèle à ton amant ;
Nous apaiserons sa colère :
Alors finira ton tourment.
Léonora, Guzman te jure,
Qu'avant le déclin de ce jour,
Nous enchaînerons la nature
Dans les liens du dieu d'amour. (bis.)

ANONYME.

RÉPONSE A LA CHANSON LA NATURE ET L'AMOUR.

Même air.

De t'aimer, puis-je me défendre !
Tes accents pénètrent mon cœur;
Je ne sais plus quel parti prendre
Entre mon penchant et l'honneur;

Mais je sens qu'à ta flamme pure
Je dois le plus tendre retour,
Quand tout aime dans la nature
Serais-je seule sans amour ! *(bis.)*

Je cède à ce charme invincible
Que tu fais passer dans mes sens;
S'il est une chose impossible,
C'est d'exprimer ce que je sens :
De cet aveu l'honneur murmure,
Mais mon cœur m'excuse en ce jour,
Et je vois que dans la nature
Tout cède au pouvoir de l'amour. *(bis.)*

Guzman, tu peux tout entreprendre,
Car tout semble être en ton pouvoir,
Léonora, sensible et tendre,
S'embrase du plus doux espoir ;
Mon cœur alarmé se rassure,
Trompant notre argus en ce jour,
Prouvons que, grâce à la nature,
L'hymen fait triompher l'amour. *(bis.)*

DUVERNY,
Chanteur aveugle.

L'ORPHELIN DU RÉGIMENT.

Air *des rêves.*

A Tcharnaïa, au fort de la bataille,
Un grenadier, sur le champ de l'honneur
Tomba frappé d'un éclat de mitraille
Que l'ennemi lançait avec fureur :
A l'aumônier, à genoux sur la terre,
Qui le console : il dit bien faiblement,
Ah ! si je meurs, veuillez servir de père
A l'orphelin enfant du régiment.

A SON ÉPOUSE.

Sèche tes pleurs, épouse bien chérie,
La mort n'est rien, c'est l'ordre du Très-Haut :
Et le soldat qui meurt pour sa patrie,
Auprès de lui, trouve place là-haut ;
Console-toi, si je quitte la terre,
Dieu veillera sur toi, sur notre enfant,
Et l'aumônier saura servir de père
A l'orphelin, enfant du régiment.

A SON FILS.

Viens, mon enfant, viens fermer ma paupière,
Le sort le veut, je descends au tombeau ;
J'en ai l'espoir ; ton âme grande et fière,
Avec honneur suivra notre drapeau :

Prends cette croix, elle m'était si chère !
Conserve-la, c'est le vœu d'un mourant,
Et l'aumônier, etc.

A SES COMPAGNONS D'ARMES.

Soutenez-vous par la sainte alliance,
C'est le devoir que doit suivre un soldat :
Courage, amis, montrez votre vaillance,
Ne tremblez pas au milieu du combat.
Disant ces mots, ce brave militaire
Prit son enfant, l'embrassa tendrement,
Puis expira, disant : servez de père
A l'orphelin, enfant du régiment.

J. A. SÉNÉCHAL.

LA GRACE DE DIEU
ou
Le départ de Marie.

Air : *Cinq sous, cinq sous* (Loïsa Puget).

Ma mère, il faut partir,
Car voici briller l'aurore ;
Venez me parler encore, *(bis)*
M'embrasser et me bénir.

Il le faut ; courage! adieu!
A mon sort, je suis docile :
Je pars pour la grande ville,
En me confiant à Dieu,
Adieu, adieu,
Je pars pour la grande ville,
Adieu, adieu,
En me confiant à Dieu.

Comme moi, le cœur navré,
Vous quittâtes la chaumière ;
Elle vous revit, ma mère, *(bis)*.
Comme vous j'y reviendrai.

Il le faut, etc.

Mon sort ne peut qu'être heureux,
Je vole vers la richesse ;
J'ai pour dot votre tendresse, *(bis.)*
Votre amour et puis vos vœux,

Il le faut, etc.

Pour embellir mon destin,
Croyez-vous que je vous laisse?
Non, non, à votre vieillesse *(bis.)*
Je veux assurer du pain.

Il le faut, etc.

On m'a conté qu'à Paris,
Hélas! on devient volage ;
Mais comment perdre l'image *(bis.)*
De sa mère et du pays.

Il le faut, etc,

Plus de pleurs, plus de regrets,
Oui, je reviendrai, ma mère ;
Et bientôt notre chaumière
Sera changée en palais. *(bis.)*

Il le faut, etc.

AD. PÉCATIER.

~~~~~~~~~~~~~~~~~~~~~~~~~~~~~~~~~

LA NEIGE.

Air de *l'Étrangère* (vicomte d'Arlincourt).

Quoi ! tu m'as dit d'un ton glacé d'effroi :
Suivant des yeux ma plume chantante,
La neige, hélas ! est un sujet bien froid
Pour un auteur dont la verve est brûlante ;
Souviens-toi donc, loin de te désoler,
Que des hivers affrontant le cortége,
Lorsque l'amour veut s'en mêler,
On peut s'échauffer sur la neige. *(bis.)*

Les jeunes gens portent des fruits trop verts ;
Tout est chez eux ou faiblesse ou manie ;
Quand les cheveux blanchis par les hivers
Cachent souvent la flamme du génie :
Si Béranger, l'exemple est peu suspect,
Au sein de nous venait chercher un siége,
Le cœur saisi d'un saint respect,
On s'écrirait à son aspect :
Que de feu caché sous la neige. *(bis.)*

Lorsque jadis l'orage a dispersé
Nos doux épis et nos roses chéries,
Vingt potentats de leur souffle glacé,
Deux ans de suite ont flétri nos prairies;
Si l'on foula les fleurs que tant j'aimais,
J'entends redire à Dieu qui nous protége :
Du nord, les enfants désormais,
De leurs manteaux, chez vous, jamais *(bis.)*
Ne viendront secouer la neige.

Mon cher, disait un fils des vieux Germains,
A l'un des preux qu'a respecté la Loire :
Convenez-en, les rivaux des Romains
Sont trop enclins à parler de leur gloire,
Oui, répondit le moderne Bayard,
Le fait est vrai ; mais, vous observerai-je :
D'orgueil on peut avoir sa part,
Quand on a du mont Saint-Bernard, *(bis.)*
Aux pieds foulé la vieille neige.

Quand je te vois envahir mes caneaux,
Jetant les yeux sur notre vieille histoire,
Je me rappelle un temps où nos héros
Te sillonnaient des pas de la victoire.
L'aigle français prêt à tout surmonter,
roulait aux pieds tout complot sacrilége;
Il a fallu pour l'arrêter,
Les vents et la glace et la neige. *(bis.)*

CHAUDEL.

VA COMME J'TE POUSSE.

Air : *J'aime à voir un corbillard.*

Il me faut un bonheur certain,
    Et jamais je n'oublie
Ces mots que m'a dit le Destin,
    En me donnant la vie :
Pour faire gaîment ton chemin
    Suis une pente douce,
Sois franc, sois juste, sois humain,
    Et va comme j'te pousse.

Que je plains ces évaporés,
    Dont l'univers abonde ;
Qui, portés sur des chars dorés,
Se poussent dans le monde.
O Fortune, un rien te séduit,
    Mais un rien te courrouce ;
Laisse-moi cheminer sans bruit,
Et va, etc.

Soleil, je n'ai pas le pouvoir
    De régler ta carrière ;
Et je me borne à recevoir
    Tes feux et ta lumière.
Tiens, fais pousser pour les Amours
    Les gazons et la mousse,
Fais pousser la vigne toujours,
Et va, etc,

Vénus, à ta charmante loi,
  Mon cœur n'est point rebelle;
Je me suis presque malgré moi,
  Brûlé pour chaque belle :
Brune ou blonde, pourvu pourtant
  Quelle ne soit pas rousse,
Je pousse ma pointe en chantant !
Et va, etc.

J'aime le vin du bon endroit,
  Surtout de celui qui mousse;
Mais sous la main d'un maladroit,
  Il fuit et m'éclabousse.
Bon champagne, pour m'égayer,
  Je te presse du pouce,
Je te lance dans mon gosier !
Et va, etc.

Il faudra bien que sans respect,
La Parque un jour me trousse;
Mais croyez-vous qu'à son aspect,
  Mon courage s'émousse.
Le sage prêt à s'endormir
Sans peine et sans secousse,
Se dit : la mort n'est qu'un soupir!
Et va, etc.

                    ARMAND GOUFFÉ.

LE BATAILLON D'AFRIQUE.

Paroles de Charles GILLE. — Musique de la
Bretonnière.

Dans la plaine tourbillonne
Une horde aux burnous blancs,
En tête de la colonne
Allons reprendre nos rangs.
Voyez, le soleil levant
Nous jette un regard oblique.

Ho !
Du bataillon d'Afrique !
V'lan !
Gais zéphirs, en avant !

Celui qui laisse la rive
Où Dieu plaça son berceau,
Le cœur tout malade arrive
Sous ce ciel malsain et chaud ;
Nous qui nous moquons du vent
Qui lui porte la colique.

Ho ! etc.

Chaque route est sillonnée,
Soit en long, soit en travers,
La troupe indisciplinée
Ne connaît pas de revers ;

Car, dans notre corps savant,
Qui dit soldat, dit pratique.

Ho! etc.

Chef de la tribu perfide
Qu'abd-el-Kader soudoya.
Monte ton coursier numide
Si tu crains la razzia,
Surtout, fais passer devant
Ta sultane et ta barrique.

Ho! etc.

Nous venons, sans plus d'entraves
Pour régler certains écots;
Vous allez danser, mes braves,
La danse des moricauds;
C'est nous qui, dorénavant,
Vous fournirons la musique.

Ho! etc.

Mais déjà dans la bataille
On fait résonner les cors;
Notre drapeau de mitraille
Est criblé comme nos corps :
La mort souffla bien souvent
Sous cette sainte relique.

Ho! etc.

Sous ces climats délétères,
Jetés par un coup du sort,
Exilés peu volontaires,
Nous rencontrerons la mort,

Comme un souvenir vivant
Du vieux de la république.

Ho ! etc.

De deux vaillants frères d'armes
Le lien est-il brisé,
L'un deux versera des larmes,
Ce regret est vite usé ;
L'autre lègue au survivant
Son souvenir et sa chique.

Ho ! etc.

Notre campagne finie,
J'aperçois le fier cheval
Qui, dans les flots d'harmonie,
Roule notre général.
Allons traduire en buvant,
Sa harangue pathétique.

Ho ! etc.

LA VESTALE.

(ROMANCE ALLÉGORIQUE).

Air : *de Galeb* ou A *genoux devant le Soleil.* (Ale Dalès).

Jadis dans Rome florissante
Vivait la belle Emilia,

Avec une fille charmante
Qui se nommait Lucilia;
Jeune objet qu'Amour fit pour plaire,
En la voyant, chacun disait :
Elle est l'image de sa mère,
Et son éloge était tout fait.

Un jour cette mère adorée
Tomba malade en grand danger;
Près d'elle sa fille éplorée,
Voit qu'on ne peut la soulager;
« Le secours humain est frivole,
Dit-elle, adressons-nous aux cieux, »
Elle court vers le Capitole
Implorer le père des Dieux :

« O Jupiter! Dieu secourable,
Sauve ma mère, exauce-moi !
Peut-être, une offrande agréable
Pourra m'acquitter envers toi :
J'irai consumer ma jeunesse
Aux pieds des autels de Vesta,
J'irai servir cette déesse
Dont le chaste sein te porta. »

« A tous les regards invisibles,
J'ignorerai le sort heureux
Dont jouit l'épouse sensible
Unie à l'époux vertueux.
Ne crains pas que je me repente
Du sacrifice que je fais,
Sachant que ma mère est vivante,
Je ne puis avoir des regrets. »

A ces mots, grand Dieu! quel miracle!
Bienfait pour un cœur aussi pur :
On entend la voix de l'oracle
Qui sort de son réduit obscur,
Ton sacrifice est téméraire ;
Tu vivras pour des nœuds plus **doux :**
Qui sait si bien aimer sa mère,
Saura bien aimer son époux.

« Retourne en paix, elle est guérie,
Celle pour qui tu fais des vœux.
L'une à l'autre toujours unie,
Vous vivrez longtemps toutes deux. »
Le Dieu se tait : lui rendant grâce,
Lucilia rentre au logis ;
Elle voit sa mère, l'embrasse,
Et leurs destins furent remplis.

ILLYRINE DE MORENCY.

LA BANDE JOYEUSE.

Air : *Bon! bon! vive la folie.*

Amis, en parcourant ce monde,
Où tout semble aller de travers,
Devons-nous craindre les revers,
Lorsque l'amitié nous seconde?
    Plus précieux que l'or,
    Son baume est le trésor
    De notre âme rieuse.

En avant la bande joyeuse!
Tout protége le bon vivant.
En avant la bande joyeuse!
La bande joyeuse en avant!

En tout lieu nous ferons merveille;
Bacchus suit notre régiment ;
Pour celui qui boit sagement,
Il mit le bonheur en bouteille.
  Qui s'enivre est un sot;
  L'ivresse est comme un flot
  D'une mer orageuse.

En avant, etc.

Loin de nous l'homme atrabilaire
Qui veut censurer nos ébats;
Il est des fleurs qu'il ne voit pas,
Dont le parfum est salutaire ;
  Bien qu'on en sût cueillir,
  Il en reste à fleurir
  Pour notre main glaneuse.

En avant, etc.

La vertu qu'un rien effarouche
Nous suppose mille péchés :
Les cœurs ne sont pas entachés
Quand c'est le plaisir qui les touche.
  On rit avec Lison ;
  On dort chez la Raison,
  La vieille radoteuse.

En avant, etc.

4.

Le mariage est, sans nul doute,
Non le bonheur, mais un miroir,
Où plus d'un époux croit tout voir,
Et, pauvre aveugle, n'y voit goutte.
    La lumière est à nous!
    Dieu d'hymen, pour les fous,
    Garde ta voix mielleuse.

En avant, etc.

Mais, si notre existence est belle,
Dans nos folles excursions,
De l'argent que nous gaspillons
Le malheur veut une parcelle;
    Volons à ton secours :
    Le ciel bénit toujours
    Une main généreuse !

En avant, etc.

                  Eugène PETIT.

CHANSON A BOIRE.

Air : *Chantez, dansez, amusez-vous.*

Voulez-vous suivre un bon conseil ?
Buvez avant que de combattre :
De sang-froid je vaux mon pareil,
Mais quand j'ai bien bu j'en vaux quatre.
    Versez donc, mes amis, versez,
    Je n'en puis jamais boire assez.

Comme ce vin tourne l'esprit,
Comme il vous change une personne;
Tel qui tremble s'il réfléchit,
Fait trembler quand il déraisonne.

Versez donc, etc.

Ma foi, c'est un triste soldat
Que celui qui ne sait pas boire,
Il voit les dangers du combat :
Le buveur n'en voit que la gloire.

Versez donc, etc.

Cet univers, oh ! c'est très-beau;
Mais pourquoi, dans ce bel ouvrage,
Le Seigneur a-t-il mis tant d'eau?
Le vin me plairait davantage.

Versez donc, etc.

S'il n'a pas fait un élément
De cette liqueur rubiconde,
Le Seigneur s'est montré prudent;
Nous eussions desséché le monde.

Versez donc, mes amis, versez,
Je n'en puis jamais boire assez.

PILIET.

LES PETITS SAVOYARDS.

Air : *de la Dot d'Auvergne.* (Loïsa Pujet).

Eh ! you, la Catharina !
Je vais quitter la montagne
Avec ma jeune compagne
Pour nostre pain travailla.
   Ah ! ah ! ah ! ah !
Je vais quitter la montagne,
   Ah ! ah ! ah ! ah !
Eh ! you la Catharina !

Pour subsister en chemin,
Nous faudra, de ville en ville,
Pour charmer mainte famille,
Sauter comme des pautains.

Et ! you, etc.

Quand nous serons à Paris
J'acherons une vieille
Pour écorcher les oreilles
Par des beaux airs du pays.

Eh ! you, etc.

Sitôt notre magot plein,
J'entreprendrons le commerce;

Oui je veux que tu t'exerces
A vend'e des peaux de lapins.
Eh! you, etc.

Avec l'argent des badauds,
Chonchon, nous ferons bombance;
Un jour, j'en ai l'espérance,
Nous aurons de p'tits châteaux.

Eh! you la Catharina!
Chonchon toutes tes compagnes.
De retour dans nos montagnes
Diront : Dieu les protégea.
    Ah! ah! ah! ah!
De retour dans nos montagnes,
    Ah! ah! ah! ah!
Ces chers enfants les voilà.

DECOURCELLE,
Chanteur de Paris, ex-mineu
d'Utzell, mort aux Invalides

wwwwwwwwwwwwwwwwwwwwwwwwwwwwwwwwwww

LA PRISE DE MALAKOF.

Air *des Trois Couleurs.*

Courriers des airs, télégraphes rapides,
Seuls confidents de rivages lointains :
Que font là-bas nos frères intrépides ?
Instruisez-nous de leurs nouveaux destins :

Beau météore, un rayon de leur gloire
Vient scintiller jusque dans nos climats.

À Malakoff, on a crié : victoire !
Honneur, honneur à nos braves soldats !

Ils sont vainqueurs et le Russe en furie,
Honteusement s'enfuit dans ses déserts.
Pareil triomphe aux yeux de la patrie
Doit effacer un moment de revers ;
Des maux passés bannissons la mémoire ;
Un grand succès couronne nos combats.

A Malakoff, etc.

Bardes, chantez! de semblables batailles
Etonneront notre postérité :
La brèche faite à ces fortes murailles
Est le chemin de l'immortalité ;
Dignes enfants des guerriers de la Loire,
Aucuns dangers n'ont arrêté leurs pas.

A Malakoff, etc.

Entendez-vous comme le canon gronde
Pour célébrer le courage français ?
Echo bruyant d'un autre coin du monde,
Sa haute voix a répété succès ! ! !
Jamais Clio pour embellir l'histoire
N'a consulté ceux qui parlent tout bas...

A Malakoff, etc.

De la fortune on a payé les charmes :
De pleurs, de sang, nos lauriers sont trempés,

Ah ! vers ces murs ébranlés par nos armes
D'un coup mortel combien furent frappés !
Ils n'ont reçu qu'un tombeau provisoire,
Le Panthéon s'ouvre aux Léonidas.

    A Malakoff, etc.

E. DUGAS.

LE PORTRAIT MULTIPLE.

Air : *Aussitôt que la lumière.*

Jamais mon cœur ne dépose
Le trait dont il est blessé ;
Un rien, un lis, une rose,
Me rappelle Adaïssé.
C'est Vénus dans le nuage,
C'est Diane dans nos bois,
C'est Minerve à son ouvrage,
Elle est tout ce que je vois.

Si je dessine une image,
Elle a toujours de ses traits,
Si je compose un ouvrage
J'y parle de ses attraits ;
Si je lis, *je vous adore !*...
A chaque ligne est placé.
Le soir apprend de l'aurore
Son nom cent fois prononcé.

Si je fais rendre à ma lyre
Quelques airs mieux cadencés,
C'est-elle qui les inspire;
Les siens y sont retracés :
Ces airs dont l'âme est ravie,
Que sa voix rend si puissants!
Ces airs qui donnent la vie
Aux êtres privés des sens.

A. HEM.

LE MALHEUREUX SORT DES CUISINIÈRES.

Air : *Jeanne, Jeannette, Jeanneton.*

Quel supplice d'être en maison !
Faut obéir à tout caprice,
Va, crois-moi, ma bonne Suzon,
Ne te mets jamais en service ;
Ou si parfois tu t'y mettais,
Choisis-moi un célibataire,
Car dans un ménage complet,
Ah! dam! c'est bien une autre affaire.

Ne te mets jamais en maison,
Monsieur commande, madame aussi :
Comment faire pour les satisfaire ?
Que de tourment, que de souci !
Faut qu'à tous deux je sache plaire ;
D'abord au sortir de son lit,

Monsieur me crie : Cirez mes bottes,
Passez-moi vite mon habit,
Et brossez-moi ma redingote.
Ah ! crois-moi, etc.

Puis l'enfant s'éveille aussitôt,
Faut le bercer sans nulle entrave,
Madame demande au plus tôt :
Louison, de l'eau, je suis en nage.
Après, il faut suivre au marché
Madame qui sur tout marchande :
Les marchands souvent sont fâchés
De voir une telle chalande :
Ah ! crois-moi, etc.

L'anse du panier est en retard,
Ces cœurs-là ne sont pas sensibles,
Ça marchanderait pour un liard,
Ah ! tu vois bien que c'est horrible.
Madame veut-elle sortir,
Faut l'habiller, fair' sa toilette,
La mijoter à n' plus finir,
Et cela des pieds à la tête.
Ah ! crois-moi, etc.

Elle se mire et puis s'enfuit,
Je reste seule dans ma cuisine.
Un' prison où je meurs d'ennui,
Toujours seul', cela me chagrine ;
Enfin, faut tout faire à présent,
La cuisinièr', la blanchisseuse,

Fair' les cours's et soigner l'enfant,
Et de plus être repasseuse.

Ah ! crois-moi, etc.

Tu le vois, c'est à n' plus finir,
C'est un enfer, un esclavage ;
Si je pouvais donc en sortir !
Mais, hélas ! je n'ai plus ton âge ;
Ah ! dans ma première ma son,
Je comptais bien des bénéfices ;
Là je servais un vieux garçon
Qui récompensait mes services.

Ah ! crois-moi, etc.

LE MONOPOLE.

(FABLIAU).

Air *de M. de la Palisse.*

Un père à ses vingt enfants
Partagea son héritage :
Chacun en eut dix arpens
Suffisants pour son ménage.

C'eut ainsi toujours été
Sans la rage des deux frères,
Rage de cupidité
Qui changea bien les affaires.

Abusant de la faveur
Que donne un mauvais manége,
Ils obtinrent par erreur
Cet étrange privilége :

Eux seuls exclusivement
Oh! le beau droit de justice !
Ont droit de semer froment
Par la charte subreptice.

Aux dix-huit est seulement
Permis, quoique chacun crie,
De semer moitié froment
Et moitié blé de Turquie.

De là grand déchet pour eux,
D'où leur vint grande indigence,
Tandis que les autres deux
Regorgèrent d'opulence.

Je te laisse, cher lecteur,
A juger dans cette affaire,
Si l'on trouva le cœur
Qu'on appelle cœur de frère.

Je t'entends crier : Non, non,
L'on n'y voit qu'un cœur barbare
Rendu tel par le démon
De la frénésie avare.

Du levant jusqu'au couchant,
Et de l'un à l'autre pôle,
Maudit soit l'esprit méchant
Inventeur du monopole.

COUSIN D'AVALLON.

LA SÉPARATION.

Air de *Charlotte*.

REFRAIN.

Au souvenir de notre amour,
Donnez quelques heures, Lisette,
Et trop séduisante brunette
Vous reviendrez un jour.

Quoi ! vous allez partir ?
Ô fillette follette,
Quelle douleur secrète
Ne vais-je pas sentir !
Soumis à votre loi,
Les amours et les grâces
S'enfuiront sur vos traces ;
Quel abandon pour moi !
Au souvenir, etc.

Sans doute, à mille amants
Votre beauté va plaire :
Cette crainte va faire
Mes plus cruels tourments.
En vous faisant sa cour,
Si quelqu'un vous engage,
Songez au moins, volage,
Qu'il me cède en amour.
Au souvenir, etc.

Qu'un doux baiser, du moins,
Avant que je vous quitte,
Envers moi vous acquitte
De mes amoureux soins ;
Comment le refuser,
O Lisette ! ô ma belle !
Quoi ! n'êtes-vous pas celle
Qui sûtes m'embraser !

Au souvenir, etc.

A. HALBERT (d'Angers).

LES AMIS DE LA CHANSONNETTE.

Air : *Vive le roi, vive la France.*

J'aime à chanter journellement,
Et c'est le bonheur de ma vie ;
Chanter est un amusement
Qui chasse la mélancolie.
Également j'aime écouter
Un joli refrain qu'on répète :
C'est pourquoi j'aime à visiter
Les amis de la chansonnette.

Servir Bacchus, servir l'Amour
Est pour vous une double gloire,
Et je sais qu'ici, tour à tour,
Vous aimez chanter, rire et boire ;
Mais, de vore société
Dois-je craindre qu'on me rejette :

Un disciple de la gaîté
Est l'ami de la chansonnette.

Vadé, Piron, Collé, Panard,
Riant de tous les hérétiques,
Sablant Chambertin et Pomard,
De Momus chantaient les cantiques :
Ils célébraient, joyeux lurons,
Et le bon vin et la fillette.
Aussi voilà les vrais patrons
Des amis de la chansonnette.

Quant à vous, messieurs, je le vois,
Vous marchez gaîment sur leurs traces,
Chantant comme ces bons grivois
Bacchus, et l'Amour, et les Grâces.
Si j'aime à vous féliciter
Sur votre muse guillerette,
Ici que ne puis-je chanter
Les amis de la chansonnette.

Jouir de tout, mais sans excès,
Est ma douce philosophie ;
Je veux la suivre avec succès
Jusqu'au dernier jour de ma vie ;
Et partant pour l'éternité,
Je viderai ma chopinette
Pour boire encore à la santé
Des amis de la chansonnette.

CAMERLIN.

JE T'AIMERAI.

ROMANCE.

Air connu.

Je t'aimerai, je chérirai mes chaînes
Tant que la rose aura sa douce odeur,
Le ciel ses feux, la terre ses fontaines,
L'onde son cours et les bois leur fraîcheur.

Je t'aimerai, etc.

Je t'aimerai, je te serai fidèle
Tant que l'épine ornera les buissons,
Que du caillou jaillira l'étincelle,
Et que l'écho répétera les sons.

Je t'aimerai, etc.

Je t'aimerai tant que dans la nature
Succéderont les roses aux boutons,
Aux noirs frimats une aimable verdure,
Les fruits aux fleurs, les saisons aux saisons.

Je t'aimerai, etc.

BOURGEOIS.

LA BOUTEILLE.

Air de *la Parole*.

Plaisirs d'un cœur ambitieux,
Dignités, grandeur et richesse,
Biens si vantés, si précieux,
Vous n'avez rien qui m'intéresse ;
Je vous contemple avec froideur,
Quand je m'endors, quand je m'éveille.
Votre éclat perfide et trompeur,
A l'œil enchanté d'un buveur,
Ne vaudra jamais (*bis*) la bouteille.

Par l'amour ou par l'amitié,
Votre foi fût-elle trahie ?
Avez-vous de votre moitié
Eprouvé quelque perfidie ?
Un pareil malheur est bien dur !
S'en affliger n'est pas merveille :
Mais pour l'oublier, à coup sûr,
Je sais un moyen toujours sûr,
Et ce moyen c'est (*bis*) la bouteille.

Constante idole des buveurs,
Tu ne ressembles pas aux belles :
Plus tu prodigues tes faveurs,
Moins tu rencontres d'infidèles.
Couronné de pampres joyeux,
Silène assis sous une treille,
Le verre en main, content, joyeux,

Pour le sceptre même des dieux
N'aurait pas donné (*bis*) sa bouteille.

Le dieu de Cythère en naissant,
De s'enivrer eut fantaisie,
Et Vénus offrit à l'enfant
Deux jolis flacons d'ambroisie.
Depuis ces moments bien connus,
Sitôt que l'Amour nous éveille,
En dépit des droits de Bacchus,
Avec ivresse, de Vénus,
On aime à presser (*bis*) la bouteille.

BOURGUEUIL.

N'EFFEUILLEZ PAS LES FLEURS.

ROMANCE.

Heureux enfants, vos tendres mères
Vous ont fait là de beaux bouquets,
Pourquoi de vos doigts téméraires
Briser des cadeaux si coquets !   *bis.*
Ah ! si vous saviez reconnaître
Ce qu'ils ont coûté de douleurs
            Avant de naître,   *bis.*
Vous les respecteriez peut-être ;
Enfants, n'effeuillez pas les fleurs !   (*bis.*)

Le pauvre jardinier Guillaume
A leurs soins prodigua ses jours,

3.

Et depuis, à son toit de chaume
La mort l'a ravi pour toujours.   *bis.*
Sur sa tombe, hélas! délaissée,
Portez, en l'arrosant de pleurs,
    Troupe empressée,   *bis.*
La violette et la pensée;
Enfants, n'effeuillez pas les fleurs! *(bis.)*

Sous le voile de l'hyménée
Rose bientôt doit se ranger;
Par vous qu'elle lui soit donnée.
Cette belle fleur d'oranger.   *bis.*
Que dit sur sa tige fleurie
Ce muguet aux vives couleurs!
    Coquetterie.   *bis.*
Parez-vous-en, belle Marie.
Enfants, n'effeuillez pas les fleurs! *(bis.)*

Votre sœur Irma l'ouvrière,
Qui chaque jour veille si tard,
N'a pas une fleur printannière
Pour poser son chaste regard.   *bis.*
Que d'heureuses métamorphoses
Lui fassent croire aux jours meilleurs,
    Aux douces choses;   *bis.*
Offrez-lui ces boutons de rose :
Enfants, n'effeuillez pas les fleurs! *(bis.)*

LA POUSSIÈRE.

Air : *Laissez reposer le tonnerre.* (L. FESTEAU.)

Quand par un immuable arrêt,
Celui qui commande au tonnerre,
Voulut, par un nouveau bienfait,
Classer (chaque être (*bis*) sur la terre,
Tout s'anima, tout vit le jour,
Et l'insecte et le dromadaire.
Pour mieux lui prouver son amour,
L'homme sortit de la poussière.

Vous qui, sur votre trône assis,
Gouvernez notre faible espèce,
Du sort, orgueilleux favoris,
En vain (un flatteur (*bis*) vous caresse.
Le temps s'envole tour à tour
En vous criant d'un ton sévère :
Poussière avant de voir le jour,
Tu retourneras en poussière.

Qui ne rougirait pas de voir,
Aux pieds d'un Soudan qu'on renomme,
Esclave du plus vil devoir,
L'homme (trembler (*bis*) devant un homme.
Peuple que j'abhorre à jamais,
Vous déshonorez l'hémisphère ;
Regardez si jamais Français
Courba son front dans la poussière.

Damis sur un char éclatant
Promène la pédanterie,
Sans égards il froisse en passant
Le sage (et l'homme (*bis*) de génie.
Il s'applaudit quand son fracas
Produit les effets du tonnerre :
Et l'imprudent n'aperçoit pas
Son bien qui s'envole en poussière.

Pour moi, je roule mes loisirs
Depuis le lit jusqu'à la table ;
Par de simples, de vrais plaisirs,
Je rends (mon destin (*bis*) supportable.
Après avoir parlé beaucoup,
Si parfois mon gosier s'altère,
Au même instant je bois un coup,
Et j'humecte ainsi la poussière.

LEFEBVRE.

JOLI MOIS DE MAI QUAND REVIENDRAS-TU.

RONDE.

Air : *J'ai du bon tabac dans ma tabatière.*

Vive les lilas !
Vive Romainville !

Ce séjour tranquille
Est rempli d'appas.
Aussi, loin des regards jaloux,
Qu'amour va faire de bons coups.
Joli mois de mai, quand reviendras-tu
Echauffer un peu l'amant morfondu ?

Dans le fond du bois,
Fillette gentille,
Près d'un joyeux drille
File en tapinois.
A deux, vite on passe le temps,
Et l'herbe est si douce au printemps.
Joli mois de mai, quand reviendras-tu
Apporter des feuilles à ce bois touffu ?

Quand un vin clairet,
Couronnant la fête,
Echauffe la tête
Et rend guilleret,
Dans les champs, prenant ses ébats,
Maint tendron fait plus d'un faux pas.
Joli mois de mai, quand reviendras-tu
Souffler un vent frais usosplus d'un fichu

Là, si les bosquets,
Manquant à l'usage,
Trouvaient un langage,
Ah ! Dieu ! quels caquets !
Le gazon dirait aux échos :
J'ai vu nez, pieds, jambes et dos.
Joli mois de mai, quand reviendars-tu
Apporter aux chamqs leur tapis herbu ?

La vie est, hélas !
Un si court voyage :
Narguons sous l'ombrage
Les maux d'ici-bas.
Dieu fit pour les jeunes amants
Les lilas, l'herbe et le printemps.
Joli mois de mai, quand reviendras-tu ?
La rosière attend son prix de vertu !

A. HALBERT (d'Angers).

LES GAIS PIPEAUX.

Musique de l'auteur des paroles.

Refrain : Allons gais pipeaux,
Plus de mélancolie !
Enfants de la folie,
Agitez vos grelots.

Gais momusiens, plus de crainte ni gêne,
Et de nos maux, sachons bannir la peine ;
Quand on est mort, Désaugiers nous a dit :
C'est pour longtemps, ainsi donc mes amis,
    Allons, etc.

Disciples de Bacchus, partisans de Silène,
Versez, amis, versez à tasse pleine :
Enivrons-nous morbleu, et nous ne verrons pas
Tous les abus qui se font ici-bas.
    Allons, etc.

Pour mettre un terme aux tourments de la vie,
Foulons aux pieds la discorde et l'envie ;
Fuyons l'ambitieux qui cherche les grandeurs,
D'un frère malheureux allons sécher les pleurs.

Allons, etc.

Plus de combats, d'émeutes populaires,
Ne nous battons jamais qu'à coup de verres :
Dans ces combats, témoins de nos succès,
L'on ne voit pas couler le sang français.

Allons, etc.

Le vin et la chanson, voilà notre devise,
L'amour et l'amitié, voilà notre franchise :
Jouissons mes amis, le temps est incertain,
Qui peut savoir si nous vivrons demain !

Allons, etc,

Feu CIOLINA,
Ouvrier ciseleur, président des
sociétés lyriques des Pi-
péaux et des Bons Vivants.

LE COUP D'PICTON. (1)

Air de la contredanse de la Croix d'Or.

Un coup d'picton,
Moi j'men fiche ;
Il faut que j'liche
Un coup d'picton.

J'aime mieux l'huile que l'coton :
Picton, liqueur charmante,
Nectar des malheureux,
Tu vaux mieux qu'on te chante
A la face des cieux.
Point d'chagrins domestiques
Que ne fasse finir,
Point d'enn'mis politiques
Que n'puisse réunir.
    Un coup d'picton, etc.

Riches au sein des fêtes
D'où le plaisir a fui,
Ah ! que vous êtes bêtes
De payer cher l'ennui :
Un coup d'picton réveille
Le pauvre en son chemin
Et lui cache, la veille,
Les pein's du lendemain.
    Un coup d'picton, etc.

(1) *Picqueton* mâle de la *Piquette* suivant le dictionnaire des sciences naturelles de Davignon et par abréviation *Picton*.

Je ne puis vous le taire,
J'suis pris d'un mal subit ;
Déjà ma voix s'altère
Au milieu d'mon récit,
Je n'fais pas la bégueule,
Vrai je me sens défaillir !
Si vous m'rinciez la..... bouche,
Vrai je m'sens défaillir !
Ça m'ferait bien du plaisir.

    Un coup d'picton, etc.

Ce vieux soldat, naguerre,
Illustra son pays,
Mais les ans et la guerre
N'en ont fait qu'un débris
Qui le rend plus loquace,
Qui le rend radieux,
Qui rajeunit sa face,
Qui le rend amoureux.

    Un coup d'picton, etc.

Voyant ma langue épaisse,
Hier, le médecin,
M'dit : la bile vous oppresse,
Faut vous purger demain :
Pour s'purger il faut boire,
Ordonne ! ça m'est égal :
Pour m'procurer la foi
En me lavant l'bocal.

    Un coup d'picton, etc.

La chanson, camarades,
Que j'viens de composer,

Est comm' cès plant's malades
Qu'il faut bien arroser.
Pour me tirer d'affaire,
A l'avenir, s'il vous plaît,
Vous mettrez dans vot'e verre,
Entre chaque couplet,

    Un coup d'picton, ete.

    Parue sous ce nom,

        J. V. B. DORILLAS,

        Poitrinaire et par conséquent
        membre de la société de
        Tempérance de Paris et de la
        banlieue.

        L'auteur est feu BILHON,
        Ex-officier de marine.

L'ENFANT ET LA ROSE.

Air *Nouveau*.

Aux feux de la naissante aurore,
Flore, en s'éveillant ce matin,
Laissa tomber de son écrin
Cette fleur qui venait d'éclore.

Enfant n'effeuille pas la rose
Que Dieu plaça sur ton chemin;

Pense à ta sœur? si fraîche et rose,
Toutes deux ont même destin.

Regarde, elle est déjà flétrie,
Et semble pleurer le bouton
Qu'elle a laissé sur le buisson;
Où, trop cruel, tu l'as ravie.

Enfant, etc.

Sa fleur se détache... et peut-être,
Sans cet attentat de ta main,
Elle eût brillé plus d'un matin
Sur la tige qui la vit naître!

Enfant, etc.

Hélas! pourquoi l'as-tu cueillie
Sous les chauds baisers du soleil?
Auprès de ce bouton vermeil,
Elle aurait été si jolie!...

Enfant, etc.

Ainsi flétris par la tristesse,
Souvent l'on déchire nos cœurs,
Lorsque pour épargner nos pleurs
Il faudrait si peu de tendresse.

Enfant, etc.

                    HALBERT, d'Angers.

LE CABARET DU NORD.

Air *du Vigneron.*

La semaine vient de finir,
Charlotte, puisque c'est dimanche,
Songeons à nous bien divertir :
Vite, apprête ta robe blanche,
Tous les amis de l'atelier
Ont choisi pour se rallier
    Un fameux endroit,
    Allons-y tout droit.

    Puisque le vin,
Chaque jour, augmente sans fin,
Viens, je te dis sans détour :
La bière est l'ordre du jour,
Et nous viderons s'il le faut
Choppe, moos, ou même quartaud :
L'on dit partout que rien ne vaut
La bière de François Décaux.

Montons le faubourg Saint-Martin,
Et débouchant à la Villette,
Tournons à gauche un petit brin,
Ma Charlotte, ma rigolette !
Sans faste, nous lisons d'abord
Ces trois mots : *Cabaret du Nord;*
    C'est là, vertuchoux !
    Notre rendez-vous.

    Puisque le vin, etc.

Ce n'est que six malheureux sous
Que l'on nous vend une canette,
Nous sommes-là comme chez nous;
Ici ne gît pas l'étiquette,
L'on y peut dire, c'est le cas,
La crinoline n'entre pas :
    Tant faut se presser
    Pour bien se placer.

    Puisque le vin, etc.

Dans cet endroit sont réunis
Les plus francs, les plus joyeux drilles,
Ce ne sont que minois amis,
Filles rieuses et gentilles !
L'effet du liquide du Nord
Est un bienfaisant reconfort;
    L'on peut donc vraiment
    Dire à tout moment :

    Puisque le vin, etc.

Chacun admire du patron
La bonne face guillerette :
L'on reconnaît un franc luron,
A sa bedaine rondelette;
Toujours buvant, toujours riant
Il semble dire à tout venant:
    Chez moi, par ma foi,
    La gaîté fait loi.

    Puisque le vin, etc.

Vingt centimes le gloria,
Ma Charlotte, faisons bombance;

Billard, genièvre et cætera ;
Tout est parfait, Dieu qu'elle chance !
Vive le cabaret du Nord !
Je lui souhaite un heureux sort.
    Nous y reviendrons,
    Et nous redirons :

    Puisque le vin, etc.

HALBERT d'Angers.

~~~~~~

LE PREMIER PRIX.

Air :

En dépit des traits de l'envie,
Grâce à vous, s'il a réussi,
Et s'il obtient de sa patrie
Le prix des Pindes d'aujourd'hui.
Par un dévouement magnanime,
Vous, le mobile des amis,
De l'amitié la plus sublime
Vous méritez le premier prix. (*bis*).

Le Tasse illustre l'Italie,
Et notre rivale Albion,
Pour la gloire fut la patrie
De Shakspeare et Milton.
De Cervantes, l'Espagne est fière !
Mais certes dans tous les pays,
Corneille, Racine et Molière,
Auront toujours le premier prix. (*bi*

On vante, chez les Ecossaises,
La candeur, la fidélité,
Le sentiment chez les Anglaises,
Et chez les Russes la beauté.
Mais en France, on sait que les femmes
Ont tous ces charmes réunis :
Et c'est à vous seules, mesdames,
Qu'on doit donner le premier prix. (*bis*).

Les mets, les vins de ma patrie
Furent toujours mon seul régal ;
Car, j'ai même en gastronomie
Beaucoup d'esprit national :
En dépit de la mode anglaise,
Des rosbifs, des macaronis.
Pour moi, la cuisine française
Aura toujours le premier prix. (*bis*).

Déjà fière de la couronne
Dont elle avait orné son front,
La France, aux lauriers de Bellone
Unit les palmes d'Apollon.
Aux yeux de l'Europe ravie,
Pendant la paix, notre pays,
Des beaux arts et de l'industrie
Obtint toujours le premier prix. (*bis*),

La Scène est une académie
Où dans l'espoir de réussir
Tous les élèves de Thalie,
Devant nous viennent concourir,

Heureux les auteurs, si leurs pièces
Obtiennent quelques accessits :
Mais, qu'il faut avoir de souplesses
Pour aspirer au premier prix. (*bis*).

LEFEVRE.

L'OISEAU DE LISE.

Paroles de H. DEMANET. — Musique de Mme A. TISSOT.

Petit oiseau qu'à sa fenêtre
Lise se plaît à déposer,
Toi qu'elle entoure de bien-être,
Qui reçois son premier baiser ;
Plus heureux que dans ton bocage,
Quand tu vivais au bord fleuri
    D'un marécage; (*bis*.)
Je voudrais bien être en ta cage, (*bis*.)
Petit mignon, oiseau chéri !

Avant les fleurs de sa croisée,
Tu la revois chaque matin ;
Ta subsistance est composée
Des plus beaux fruits de son festin.
Quand tu vas, douce créature,
Sur ses lèvres qui t'ont souri
    Chercher pâture, (*bis*.)
J'envie alors ta nourriture, (*bis*.)
Petit mignon, oiseau chéri !

Qu'un noir accès de maladie
Rende son front parfois rêveur,
La beauté de ta mélodie
Pour elle est un baume sauveur.
Tu sens alors sur ton plumage
Passer la main qui m'a nourri.
  Touchant hommage ! (*bis*.)
Que ne puis-je avoir ton ramage, (*bis*.)
Petit mignon, oiseau chéri !

Les jours de froid ou de paresse,
J'aime à te voir souvent chercher,
Outre une joyeuse caresse,
Un gîte où tu te vas cacher ;
Sous le linon qui se déplace,
Son sein te présente un abri :
  Sa main t'y place. (*bis*.)
Que je voudrais à ta place, (*bis*.)
Petit mignon, oiseau chéri !

Heureux celui qui, plein d'adresse,
Pour l'obtenir te flattera ;
Ayant ta part de sa tendresse,
L'autre moitié lui reviendra.
Ce moyen qui seul nous rassemble
Doit, pour devenir son mari,
  Plaire, il me semble ; (*bis*.)
Nous t'aimerons un jour ensemble, (*bis*.)
Petit mignon, oiseau chéri !

LA CLOCHETTE.

Air *du Réveil-matin.*

L'angelus, à la chapelle,
  Vient de retentir :
André compte sur mon zèle,
  Vite, il faut partir.
Je vais mettre la clochette
  Au cou de Robin
Pour qu'au loin l'écho répète :
  Son gentil tin tin,
  Tin tin tin tin tin tin.
Pour qu'au loin l'écho repetfe ;
Tin tin tin, son gentil tin tin.

Elle rêvait, la pauvrette,
  Au plus doux lien !
Mais son chien et sa houlette
  Etaient tout son bien.
André, ce garçon qu'elle aime,
  Au mal est enclin ;
C'est lui, pourtant lui, quand même
  Qu'avertit Robin.

   Tin tin, etc.

Enfant du même village,
  Jeunes, ils s'aimaient
Sans se douter qu'avec l'âge
  Leurs cœurs changeraient,

Lise, en fille toujours sage,
  Croit le libertin,
Et chaque jour, sous l'ombrage,
  L'appelle Robin.

   Tin, tin, etc.

Un soir, loin de sa chaumière,
  Sans troupeau, sans chien,
Lise, au loin, sur la bruyère
  Suivit le vaurien :
Sa vieille mère inquiète,
  Quand vint le matin,
Seule attacha la clochette
  Au cou de Robin.

   Tin, tin, etc.

Les feuilles jonchaient la terre,
  L'hiver revenait,
A la nuit, sur la fougère
  Une ombre passait :
Lors, un chacun se désole,
  On crie au lutin,
Il paraît ! C'est Lise folle !
  Qu'amenait Robin.

   Tin, tin, etc.

            A. HALBERT d'Angers.

MA JOURNÉES.

Air : *Le printemps ramène les fleurs.*

La promenade est salutaire,
Et je gagne de l'appétit,
Je vais dans un lieu solitaire
Prendre un repos qui me sourit;
Puis, au dessert, je lis sans gêne,
A ceux qui veulent m'écouter,
Une fable de Lafontaine,
Une chanson de Béranger.

Quand de la nature chérie
Le premier m'offre des leçons,
L'autre d'un luth pour la patrie
M'apprend à tirer quelques sons.
Mais, hélas ! ce n'est pas sans peine,
Je voudrais en vain imiter
Une fable, etc.

Le ciel est noir : survient l'orage ;
L'oiseau s'envole avec effroi ;
Il va pleuvoir ! Le temps m'engage,
Au plus, vite à rentrer chez moi :
Pour m'égayer dans mon domaine,
J'apprends avant de me coucher,
Une fable, etc.

                              A GUICHARD.

LA ROSE DES CHAMPS.

Paroles de Louis-Charles Durand. — Musique de
Giolina.

Voici venir les hirondelles
Qui nous ramènent les beaux jours,
Loin des tracas, fuyons comme elles,
Les champs respirent les amours.
Loin de Paris, le frais ombrage
Reverdit aux feux du printemps :
Je veux retourner au village,
Respirer la rose des champs.

Adieu, cité, reine du monde,
Je fuis ton séjour enchanteur
Où le vice, à chaque seconde,
Nous ravit repos et bonheur ;
Ton luxe, au séduisant mirage,
Pervertit le cœur et les sens :
Je veux retourner au village,
Respirer la rose des champs.

J'ai vu des monuments superbes
Et j'ai regretté mon hameau,
Et ma chaumine dans les herbes
Aux pieds du verdoyant coteau.
Loin des grands, de leur entourage,
Nous vivons là, libres, contents :
Je veux retourner au village.
Respirer la rose des champs.

6.

Séduit par l'or, vaine chimère,
Aux champs j'ai laissé mes amours,
J'ai fui les baisers de ma mère
Qui me pleure, hélas! tous les jours.
Marié, aussi bonne que sage,
M'attand là-bas depuis longtemps :
Et je retourne à mon village
Respirer la rose des champs.

L'ANGÉLUS DU SOIR.

Musique de M. L. JOUSSE.

La neige tombe et blanchit la campagne,
Le froid hiver, déjà se fait sentir,
Relève-toi, délaissons la campagne,
Viens, ô ma mère! il est temps de partir :
Ne sens-tu pas, sous ces bois sans feuillage,
D'un air brumeux les humides frimats?

L'angelus, comme hier, nous rappelle au village,
Et ma mère, pourtant, ne se réveille pas.

Pourquoi rester, quand le vent nous assiége ?
Quitte ce lieu, témoin de nos douleurs !
Tes vêtements, sont tous couverts de neige ;
Viens, ô ma mère ! ô viens !... sèche mes pleurs!
L'air en soufflant a glacé ton visage
Et dans les tiens il engourdit mes bras !..

L'angelus, etc.

Le lendemain, le vent soufflait encore,
Il confondait les flots de leurs cheveux ;
Et du printemps; bientôt la douce aurore
Vint remplacer un hiver rigoureux :
Les bois, soudain, reprirent leur feuillage,
Et chaque jour, depuis les noirs frimats,
L'angelus, sur le soir, les rappellent au village ;
Mais la mère et le fils ne se réveillent pas.

A. H...

FAUT-IL PLEURER OU FAUT-IL RIRE

Air : *du vaudeville de Vadé à la grenouillère.*

Damis va perdre un vieux parent,
Damis, au désespoir se livre!
Ce coup, dit-il, est déchirant,
Jamais je n'y pourrai survivre : (bis).
Mais il apprend qu'au testament,
Le cher homme eut soin de l'inscrire,
Et, troublé par le sentiment
Il ne sait plus, dans le moment,
S'il doit pleurer ou s'il doit rire.

Paul, a sur parole, accepté
Après mille sottises faites,
La main d'une antique beauté
Qui consent à payer ses dettes. (bis).
Bientôt il reçoit son portrait
Avec la somme qu'il désire;

Et, tenant le double paquet,
Dit, entre l'argent et l'objet :
Faut-il pleurer ou faut-il rire ?

Prenez, me dit M. Dunoir,
Ce billet pour mon mélodrame ;
C'est un chef-d'œuvre qu'il faut voir,
Car il vous déchirera l'âme, (bis).
J'y vole ! mais au lieu du cœur
C'est l'oreille qu'on me déchire,
Quels cris de joie et de douleur !
On danse, on tue, on chante, on meurt.
Faut-il pleurer, etc.

Dagnès, tout prêt d'être l'époux,
Jeannot, d'ivresse perd la tête :
Regard timide, air simple et doux,
De son cœur ont fait la conquête. (bis).
L'heure de la noce a sonné,
Puis enfin l'heure qu'il désire,...
Mais bientôt, Jeannot étonné,
Se dit, à moitié consterné :
Faut-il pleurer, etc.

DÉSAUGIERS.

LA FAUVETTE DE PARIS.

aroles de NOEL MOURET.— Musique de DÉSAUGIERS.

Quand l'astre qui brille
Montre son falot,

Déjà mon aiguille
A pris le galop.
Dans mon logement,
La gaîté, voilà ma compagne;
Je chante gaîment
Lorsque mon voisin m'accompagne:

Si je suis pauvrette,
Pour charmer mes jours,
Comme la fauvette,
Je chante toujours.

Quand j'ai fait ma tâche,
A la fin du jour,
Sans que je m'attache,
On me fait la cour.
J'ai dix amoureux
Qui m'apportent de la galette,
Par malheur pour eux,
J'ai la vertu de Rigolette.

Si je suis pauvrette, etc.

J'aime sous un chêne,
Doyen des forêts,
Me faire une chaîne
Avec des bluets;
J'aime les roseaux,
Tuyaux d'orgues de la prairie;
J'aime les oiseaux
Qui dansent sur l'herbe fleurie.

Si je suis pauvrette, etc.

Je ris des bêtises
Qu'on me dit tout bas;
Je ris des sottises
Qu'on fait ici-bas;
Je ris du moqueur
Qui me fronde sur sa musette;
Je ris de bon cœur
Quand quelqu'un m'appelle grisette

Si je suis pauvrette, etc.

Lorsque l'hyménée
Viendra me saisir,
Dans cette journée
Offerte au plaisir,
L'amour sur mon front
Peut hardiment croiser la frange ;
Sans craindre d'affront,
Je puis donner ma fleur d'oranger

Si je suis pauvrette, etc.

FIN.

TABLE DES MATIÈRES.

—

FIN DE LA TABLE DES MATIÈRES.

Imprimerie de Munzel aîné, Strasb.

Paris. — Typ. Gaittet et Cie, rue Gît-le-Cœur, 7